¡Felices sueños!

Fiona Watt

Ilustraciones: Rachel Wells

Directora de diseño: Mary Cartwright
Traducción: Helena Aixendri Boneu

Directora de la colección: Jenny Tyler
Redacción en español: Pilar Dunster

Copyright © 1999 Usborne Publishing Ltd, Usborne House, 83-85 Saffron Hill, Londres EC1N 8RT, Gran Bretaña.
Copyright © 2000 Usborne Publishing Ltd en español para todo el mundo. ISBN: 0 7460 3868 2 (cartoné) ISBN: 0 7460 3869 0 (rústica)

Estoy listo para irme a la cama.

Miramos unos cuentos...

... mientras me bebo la leche.

Para arriba, a la cama. Vamos, Fido.

¿Dónde se ha metido
mi conejito?

Yo siempre duermo con mi conejito.

Danos un beso y las buenas noches.

Enciende la lamparilla
Corre las cortinas

¿Estás cansado, conejito?

A mí ya me entra sueño.

Felices sueños, Fido. Que duermas bien.